双子星

〔日〕宫泽贤治／著　〔日〕远山繁年／绘　　周龙梅　彭 懿／译

GUANGXI NORMAL UNIVERSITY PRESS
广西师范大学出版社
·桂林·

双子星之一

银河西岸有两颗像笔头菜孢子一样渺小的星星，那是名叫琼瑟和鲍瑟的双胞胎星星居住的小水晶宫。

这两座晶莹透明的小宫殿面对面坐落着。到了晚上，他俩必定回到宫里，端端正正地坐在那里，和着天上的《巡星之歌》的旋律，彻夜吹奏银笛。这就是双胞胎星星的职责。

一天清晨，炽热的太阳摇动着身躯庄严地从东方升起的时候，琼瑟童子放下银笛，对鲍瑟童子说：

『鲍瑟！可以了吧？太阳已高高升起，云彩也耀眼灿烂。今天我们去西边原野的泉水边玩玩吧！』

鲍瑟童子还在全神贯注地吹奏银笛。于是，琼瑟童子走下自己的宫殿，穿上玉屐，登上鲍瑟童子宫殿的阶梯，又说了一遍：

『鲍瑟！可以了吧？东方已经白灿灿的了，地上的小鸟也已经醒来。我们今天去西边原野的泉水边玩玩吧。我们用风车喷射雾气，发射小彩虹玩，好吗？』

鲍瑟童子终于听到了喊声，惊讶地放下笛子，回答说：

『哎呀，琼瑟，实在失礼。我还没发觉天已经大亮。我这就去穿玉屐。』

鲍瑟童子穿上洁白的贝壳玉屐，两人手拉手，亲亲热热地唱着歌，向天上银色的草原奔去。

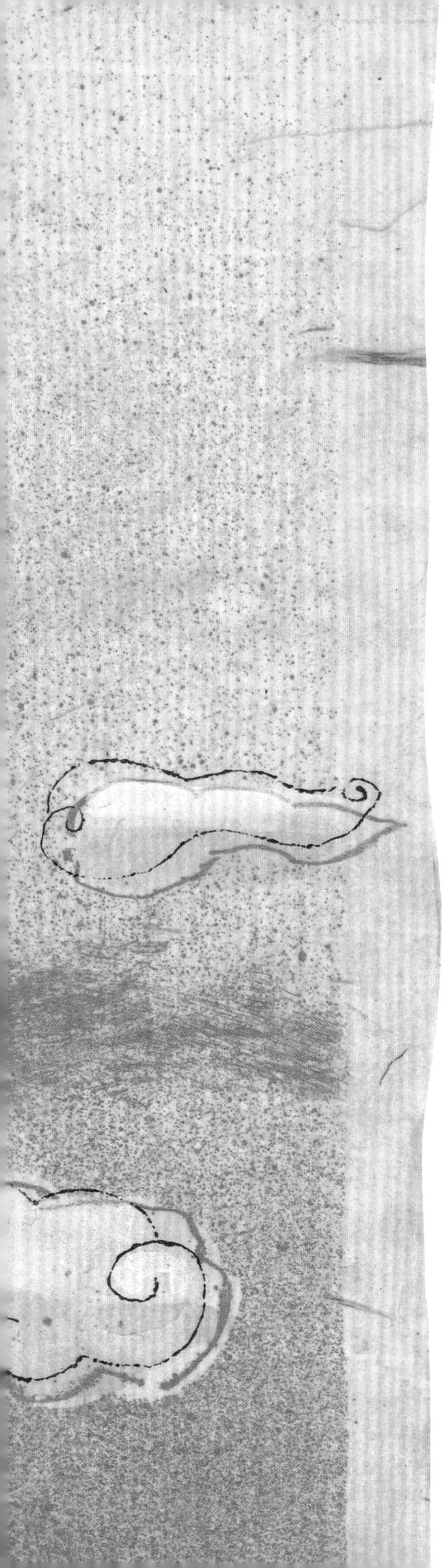

『天上的白云，
快将太阳的通道
清扫整洁，让霞光洒满。
天上的青云，
快将太阳通道上的石块
深深掩埋。』

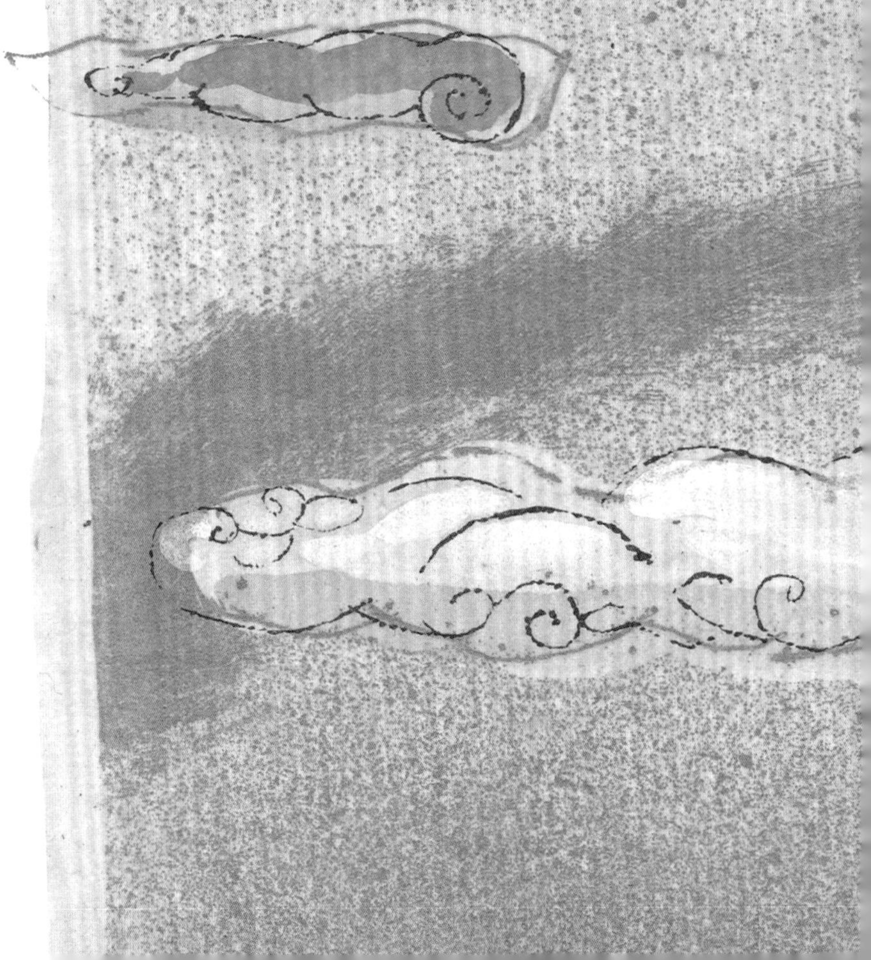

不知不觉，他们已经来到天上的泉水边。

在晴朗的夜晚，从下界可以清楚地看到这眼泉水。泉水远离银河西岸，被无数颗蓝色的小星星环绕着。碎小的青石粒布满了泉底，清澈的泉水从石缝里咕嘟咕嘟地涌出来。泉水边缘的一处化作一条小溪，向银河流去。当我们生活的世界遇到干旱时，不是常常可以看到杜鹃和枯瘦的夜鹰默然仰望这里，十分惋惜地咕噜咕噜地咽口水吗？任何鸟都无法飞达此处。然而，天上的大乌鸦星、蝎子星以及天兔星却能轻而易举地去那里。

『鲍瑟！我们先在这里造一条瀑布吧。』

『好，我们这就造吧，我去搬石头。』

琼瑟童子脱下玉屐，下到小河里。鲍瑟童子也从岸边找来些合适的石头。

此时，天空飘溢着苹果的芳香。那是西边天空银色的残月喷吐出来的。

这时，原野远处忽然传来一阵响亮的歌声。

『离银河西岸不远的那口天井，

井水咕嘟嘟，井边亮闪闪。

环绕四周的一颗颗蓝色的星星，

夜鹰、猫头鹰、白颈鸻和松鸦，

想来，却来不了。』

『啊，是大乌鸦星。』童子们不约而同地说。

话音未落，天空的芒草丛已被沙沙拨开，大乌鸦大摇大摆地从对面走来。只见它身披乌黑的金丝绒斗篷，穿着乌黑的金丝绒细筒裤。

大乌鸦看见两位童子就站住了，彬彬有礼地鞠了一躬。

『哎哟，你们好啊，琼瑟童子，鲍瑟童子。真是个好天气啊！不过，天一放晴，嗓子就容易发干。还有，昨晚歌唱时用嗓子过度，就更加口渴。对不起了。』说着，大乌鸦把头插进泉水里。

鲍瑟童子说：『不必客气，你尽管喝吧。』

大乌鸦咕嘟咕嘟一口气喝了个饱，这才抬起头眨了眨眼，然后甩了甩头上的水。

就在这时，又从远处传来了一阵粗犷的歌声。大乌鸦脸色骤变，身体激烈地颤抖起来。

『南方天上的红眼蝎子，
不知道它毒钩子和大钳子厉害的，
只有一只笨鸟。』

听到这里，大乌鸦火了。

『蝎子星，你这个畜生！什么笨鸟，你少指桑骂槐。你敢过来，我就把你那红眼球给挖出来。』

琼瑟童子连忙制止说：

『大乌鸦，那可不行，会被大王知道的。』

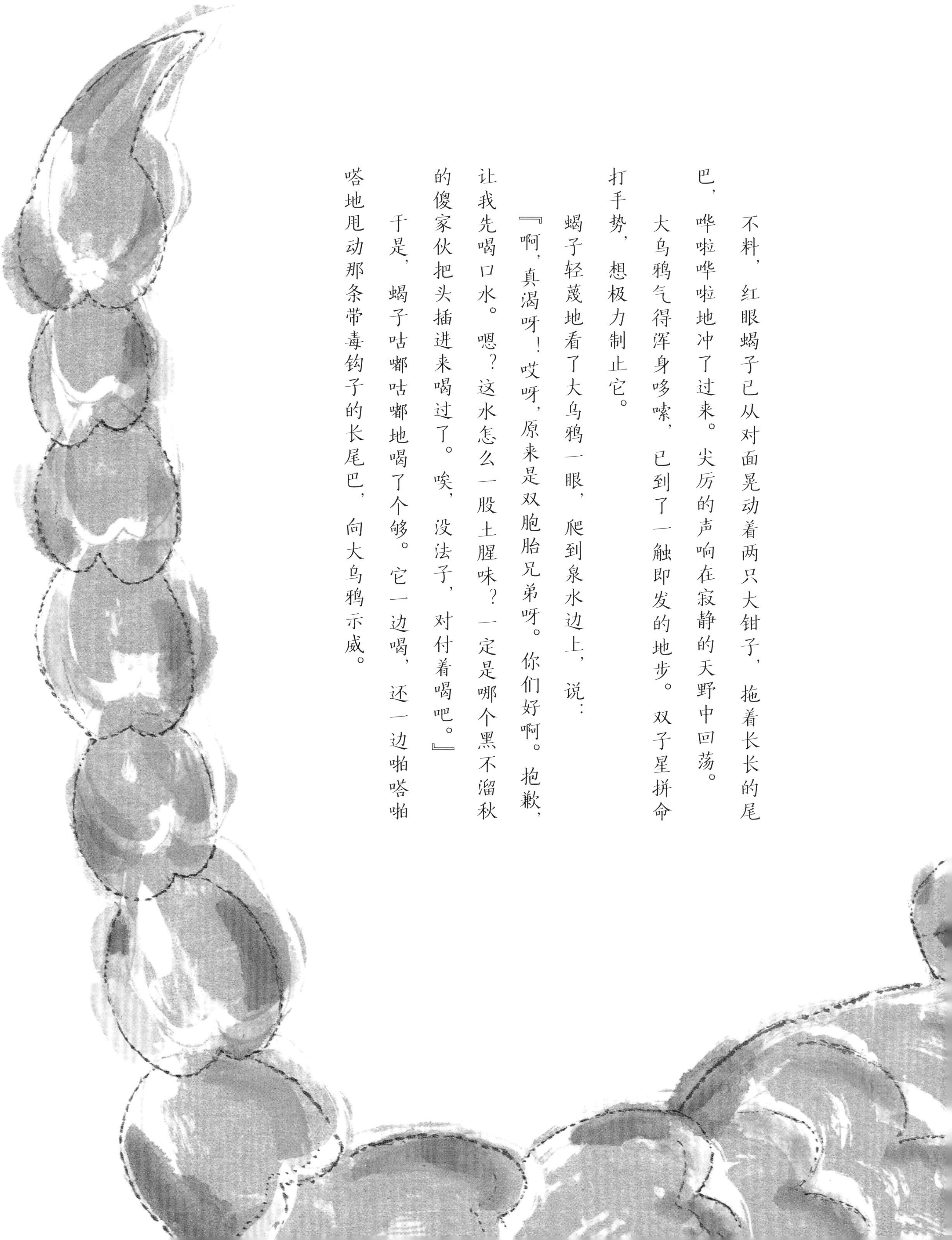

不料，红眼蝎子已从对面晃动着两只大钳子，拖着长长的尾巴，哗啦哗啦地冲了过来。尖厉的声响在寂静的天野中回荡。大乌鸦气得浑身哆嗦，已到了一触即发的地步。双子星拼命打手势，想极力制止它。

蝎子轻蔑地看了大乌鸦一眼，爬到泉水边上，说：

『啊，真渴呀！哎呀，原来是双胞胎兄弟呀。你们好啊。抱歉，让我先喝口水。嗯？这水怎么一股土腥味？一定是哪个黑不溜秋的傻家伙把头插进来喝过了。唉，没法子，对付着喝吧。』

于是，蝎子咕嘟咕嘟地喝了个够。它一边喝，还一边啪嗒啪嗒地甩动那条带毒钩子的长尾巴，向大乌鸦示威。

大乌鸦终于忍无可忍了，呼啦一下张开翅膀，大声喝道：

『喂！毒蝎子。你小子刚才就攻击我是什么笨鸟，还不赶快给我道歉？』

蝎子终于从泉水里抬起头来，转动着怒火燃烧的红眼珠。

『哼！是谁在这里胡说八道？想要红的，还是灰的？要不要给你来一钩子？』

大乌鸦火了，忍不住扑了上去。

『你说什么？胆大包天！小心我把你大头朝下扔到天空那边去。』

蝎子也怒不可遏，迅速扭转庞大的身躯，将尾巴上的钩子戳向上空。大乌鸦闪身躲开了蝎子的钩子，然后用自己那锋利如矛的喙，对准蝎子的头猛地戳了下去。

琼瑟童子和鲍瑟童子来不及阻拦了。蝎子的头受了重伤，大乌鸦的胸部也被毒钩子刺伤了，最后呻吟着一个压一个地昏倒过去。

蝎子的鲜血咕嘟咕嘟地在天空流淌，变成一片片瘆人的红云。

琼瑟童子急忙穿上玉屐，说道：

『不好啦！毒液渗进大乌鸦的体内了，再不吸出来就危险了。鲍瑟！请你帮我好好按住大乌鸦。』

鲍瑟童子也穿好玉屐，赶紧跑到大乌鸦后面，牢牢按住了它。琼瑟童子把嘴对准大乌鸦胸部的伤口，鲍瑟童子连忙说：

『琼瑟！小心别把毒液咽下去，要赶快吐出来呀！』

琼瑟童子一声不响地在伤口上吸了六口有毒的血液，然后把污血吐了出来。大乌鸦苏醒过来，微微睁开了眼。

『啊，真对不起。我这是怎么了？我记得我把那个混蛋给打死了。』

琼瑟童子忙说：

『快去用河水冲洗一下你的伤口吧。还能走路吗？』

大乌鸦踉踉跄跄地站起来，一眼看到蝎子，浑身又颤抖起来。

『畜生！你这个天上的毒虫，能死在天上算你的福气。』

两位童子赶紧扶着大乌鸦，把它带到河边，洗净伤口，又在上面轻轻吹了两三口芳香的气息，说：

『好了，趁天亮，你赶快慢慢走回家吧。下次再也不要这样了，这一切大王都会知道的。』

大乌鸦垂头丧气，耷拉着翅膀，再三向两位童子鞠躬。

『谢谢你们，谢谢你们。我以后一定注意。』说完，它就拖着沉重的步伐，穿过原野的银色芒草丛，向远方走去。

他俩又赶紧察看了一遍蝎子的伤。虽然头部伤口很深，但血已经止住了。两人打来泉水，把蝎子的伤口洗得干干净净，最后，轮换着呼呼地吹干伤口。

正好到了太阳当头的时候，蝎子迷迷糊糊地睁开眼睛。

鲍瑟童子一边擦汗，一边问：

『怎么样，好点儿了吗？』

蝎子嘀咕：

『大乌鸦那家伙死了吗？』

琼瑟童子有点儿不高兴地说：

『你还在说这些，你自己差点儿没命。快起来，早点儿回家吧。天黑之前回不到家，就不好办了。』

蝎子露出异样的目光，哀求道：

『双胞胎兄弟！请你们送我回去吧，帮人帮到底嘛。』

鲍瑟童子回答说：

『好吧，我们送你回去。请扶着我！』

琼瑟童子也说：

『来，也扶着我。再不快点儿，天黑前就回不到家了。如果那样，今晚星星们就无法运转了。』

蝎子扶着两位童子，东倒西歪地向前走。蝎子的躯体沉重无比，两位童子的肩胛骨都快要被它压断了。不过要说它的体重，也的确足足有两位童子的十倍。

两位童子的脸涨得通红，但还是坚持着一步步地向前走去。

蝎子拖着长长的尾巴，一边呼哧呼哧地喘着粗气，一边跌跌撞撞地向前迈着步子。尾巴撞击到碎石，发出咔嚓咔嚓的声响。一个小时也没走出一公里。

由于蝎子的躯体过分沉重，又加上被它的双钳死死掐住，两位童子痛得已经分不清肩膀和胸部是不是自己的了。

天野白光灿灿。他们蹚过了七条小河，穿越了十片草原。

童子们只觉得天旋地转，分不清自己是在走路还是站着不动了。尽管如此，他们还是默不作声地一步一步向前走去。

时间足足过去了六个钟头，可到蝎子家大概还需要一个半钟头。太阳就要落山了。

鲍瑟童子说：『再走快点儿好吗？你必须在一个半钟头之内赶回家去。不过，你很痛苦，是吗？疼痛难忍吧？』

蝎子哭诉着：『是的，就快到了。请二位发发慈悲吧。』

『好的，再坚持一下。伤口很痛吗？』琼瑟童子强忍着肩胛骨的剧烈疼痛，鼓励蝎子说。

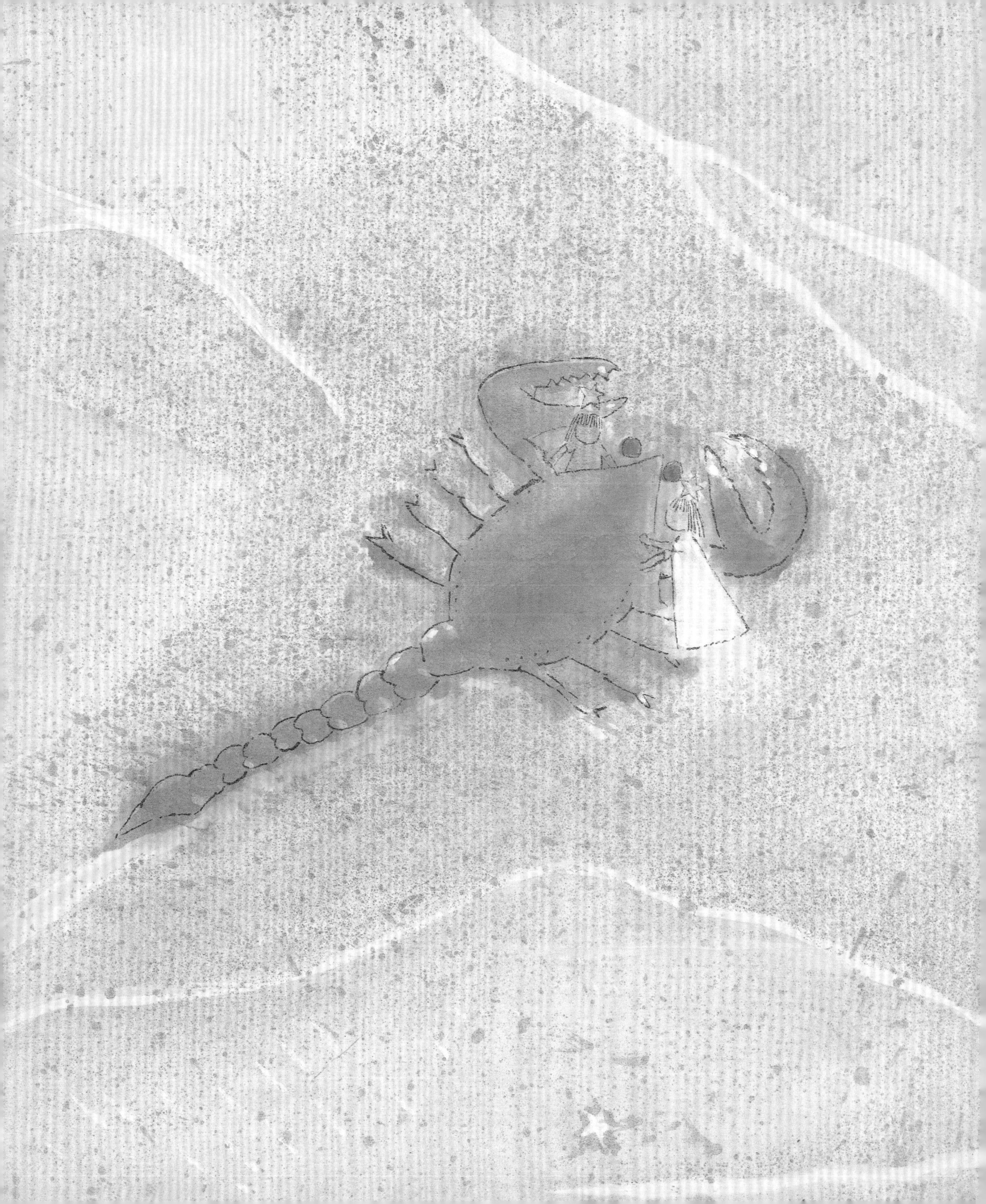

唰唰唰，太阳庄严地抖了三下，开始向西山沉落。

鲍瑟童子叫了起来：『我们得回去了。这可怎么办呀？附近有人吗？』天野一片沉寂，没有回音。

西方的云彩红彤彤的，蝎子的眼里也露出悲切的红光。亮闪闪的星星们已经披上了银色的铠甲，唱着歌，出现在远方的天空。

地面上的一个小孩仰望着这里，高声叫了起来：『我发现了一颗小星星，我可以做富翁喽！』

琼瑟童子再次催促说：『蝎子，马上就到了，你能不能再走快点儿。你走累了吧？』

蝎子哀求道：『我已经筋疲力尽了。马上就到了，求求你们再送我一段路吧。』

『小星星，小星星。天上出来一颗小星星，还有成千上万颗小星星。』下面又有一个小孩叫了起来。西山已经一片漆黑，繁星闪烁。

琼瑟童子脊背快要被压断了，他担心地说：

『蝎子！我们今晚迟到了，大王肯定会训斥我们的。弄不好，可能还会被流放。可是你若回不到平时的位置上，那就更糟了。』

『我都快要累死了。蝎子！再努一把力，赶快回家去吧。』鲍瑟童子说到这里，终于坚持不住了，扑通一声跌倒在地。

蝎子哭着说：

『请原谅我吧！是我混蛋，我简直连你们的一根头发也不如。我一定痛改前非，以此赎罪。我一定说到做到。』

这时，披着淡蓝色光外套的闪电，从远方闪了出来。它用手扶住童子们，说道：

『大王命令我来迎接二位。请抓住我的斗篷，我这就护送二位回宫。大王刚才不知为何特别高兴。还有，蝎子，你一直被人憎恨，这是大王赐你的药，你赶快把它喝下。』

童子们高兴地叫了起来：

『再见了，蝎子。你赶快把药喝了吧。还有，别忘了刚才的诺言，千万别忘了。再见！』

说完，两人一起抓住了闪电的斗篷。蝎子跪拜在那里，一个劲儿地叩头。喝了药之后，它又恭恭敬敬地鞠了一躬。

闪电放射出一道道耀眼的光芒，转眼之间就站在了刚才的泉水边。它对两位童子说：

『来，你们先好好洗个澡。大王给你们准备了新玉衣和新玉屐。还有十五分钟时间呢。』

双胞胎星星愉快地沐浴着水晶般清凉的河水，换上芬芳轻盈的蓝光玉衣和白光玉屐，顿时觉得神清气爽，浑身的疼痛与疲劳一消而散。

『来，我们走吧。』闪电说。两位童子刚揪住它的斗篷，随着一道紫色的闪电，他们就已经来到自己的宫殿前面。闪电不见了。

『琼瑟，我们准备开始吧。』

『鲍瑟，我们准备吹奏吧。』

两位童子走上各自的宫殿，面对面地端坐在那里，然后操起了银笛。

正好这时四处响起了《巡星之歌》。

『天蝎燃烧红眼睛，
天鹰翩翩展翅飞，
蓝眼晶晶小天犬，
盘旋闪亮天蛇辉。
猎户雄壮高歌唱，
洒下雨露与白霜，
仙女星云天上挂，
勾出朦胧鱼口形。
大熊爪子向北伸，
茫茫星河指航程，
目标小熊额头行，
遨游瑰丽梦星空。』

双胞胎星星开始吹奏笛子。

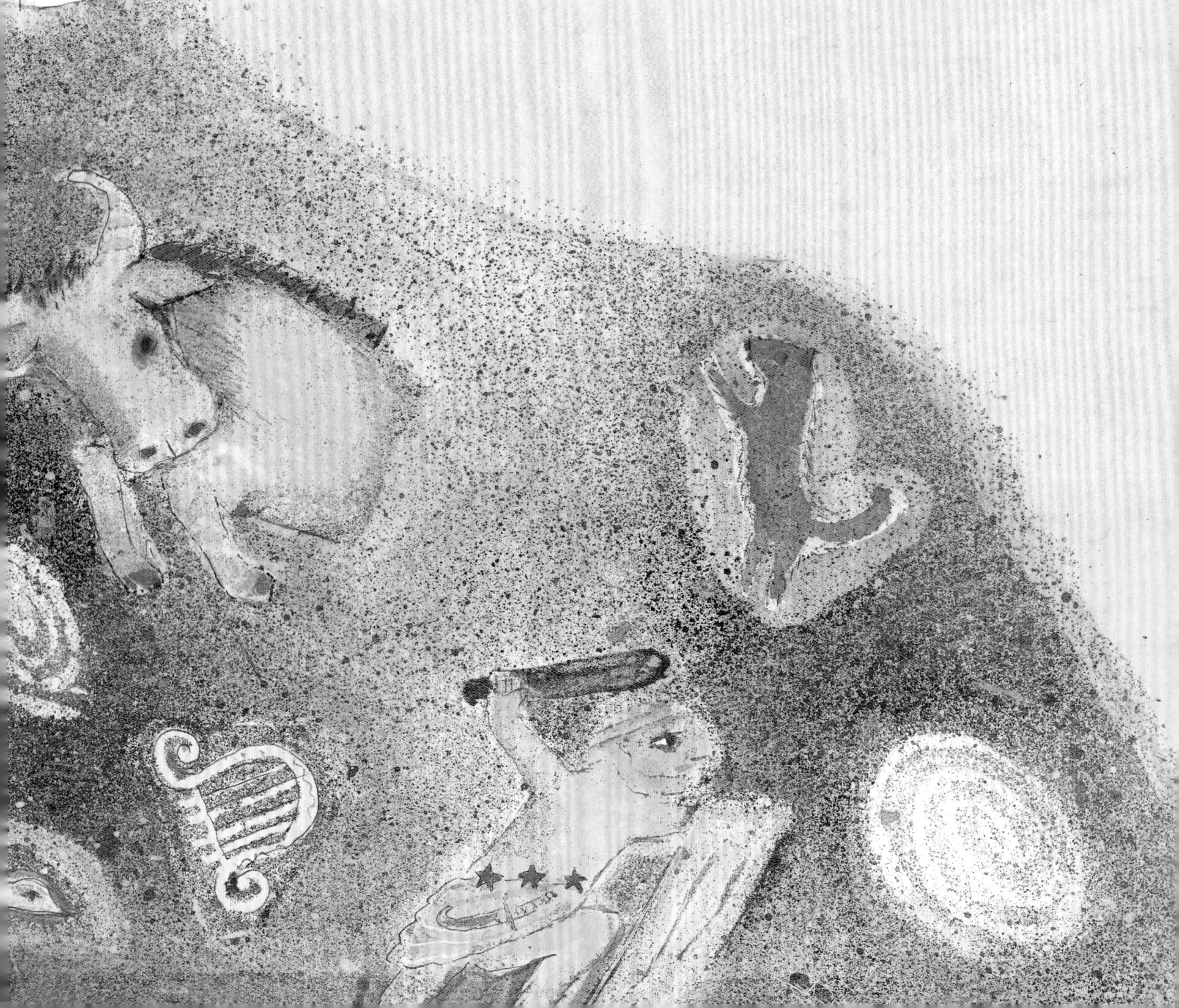

双子星之二

银河西岸有两颗小小的蓝星星，那是名叫琼瑟和鲍瑟的双胞胎星星居住的小水晶宫。

这两座小宫殿面对面地坐落着。到了晚上，他俩必定回到宫里，端端正正地坐在那里，和着天上的《巡星之歌》的旋律，整夜吹奏银笛。这就是双胞胎星星的职责。

一天晚上，天空下面乌云密布，云层底下大雨如注。然而，两位童子却一如既往地端坐在各自的宫殿里，面对面地吹奏着笛子。突然，粗鲁蛮横的大彗星跑来，对着两位童子的宫殿呼呼地喷射蓝白色的光雾。

『喂，双胞胎蓝星星！出去玩一圈怎么样？今天晚上不必那么卖力地吹了。有乌云遮着，即使遇难的船的水手们想依靠星星确定方位，也什么都看不见呀。天文台的星星观测员今天也休息，恐怕正在打哈欠呢。因为下雨，连那群乳臭未干、一直在观察星星的小学生也像泄了气的皮球，在家里无聊地画画呢。即使你们不吹笛子，星星们也照样运转。怎么样？出去走一圈吧！明天傍晚之前，我再把你们带回来。』

琼瑟童子稍停了一下，说：

『虽然大王允许我们阴雨天不用吹奏，可我们是觉得有意思才吹的啊。』

鲍瑟童子也稍停了一下，说：

『可大王并没有允许我们出去游玩呀，谁知乌云什么时候会消散呢。』

彗星又说：

『不用担心，大王上次跟我说了，碰到阴雨之夜，你带着那对双胞胎出去走走吧。走吧，走吧，跟我在一起保证你们开心。我的外号叫天上的鲸鱼，你们知道吗？我可以将沙丁鱼一样纤细的小星星和鳉鱼模样的黑陨石大口大口地吞掉。不过，最痛快的还是径直游出去，急转弯，再迅速游回来。全身像要散架了一样，咯吱咯吱直响，连闪光的骨头都咯咯响。』

鲍瑟童子说：

『琼瑟，我们去玩玩吧。大王不是说可以吗？』

琼瑟童子说：

『不过，大王是不是真的允许了呢？』

彗星安慰他们说：

『哎呀，我要是说谎，我的脑袋就会开瓢儿，头、身子、尾巴四分五裂地坠入大海，变成海参。我怎么敢骗你们呢！』

鲍瑟童子又说：

『那你敢向大王发誓吗？』

彗星不假思索地回答：

『嗯，当然可以发誓。喏，乞王照鉴。那个，今日遵大王之命，带双胞胎星星出外游玩。怎么样，可以了吧？』

两位童子齐声说：

『好吧，可以了。那我们走吧。』

这时，彗星显得格外认真地说：

『来，你们快抓住我的尾巴。抓牢！准备好了吗？』

两位童子牢牢抓住彗星的尾巴。彗星又呼地喷了一口蓝白色的寒光，说道：

『出发了！呼呼呼呼！呼呼呼！』

彗星真像天上的鲸鱼。弱小的星星四处逃窜，飞到了很远的地方。两位童子的宫殿远远被抛在了后面，只能看见两个蓝白色的小点。

琼瑟童子问道：

『我们已经走出很远了吧？银河落水口还没到吗？』

不料，这时彗星态度骤变。

『哼！什么银河落水口？还是看看你俩的落水口吧！一，二，三！』

彗星用力抖动了两三下尾巴，回头向他俩猛烈喷射起蓝白色的雾来了。

两位童子笔直地坠向漆黑的太空。

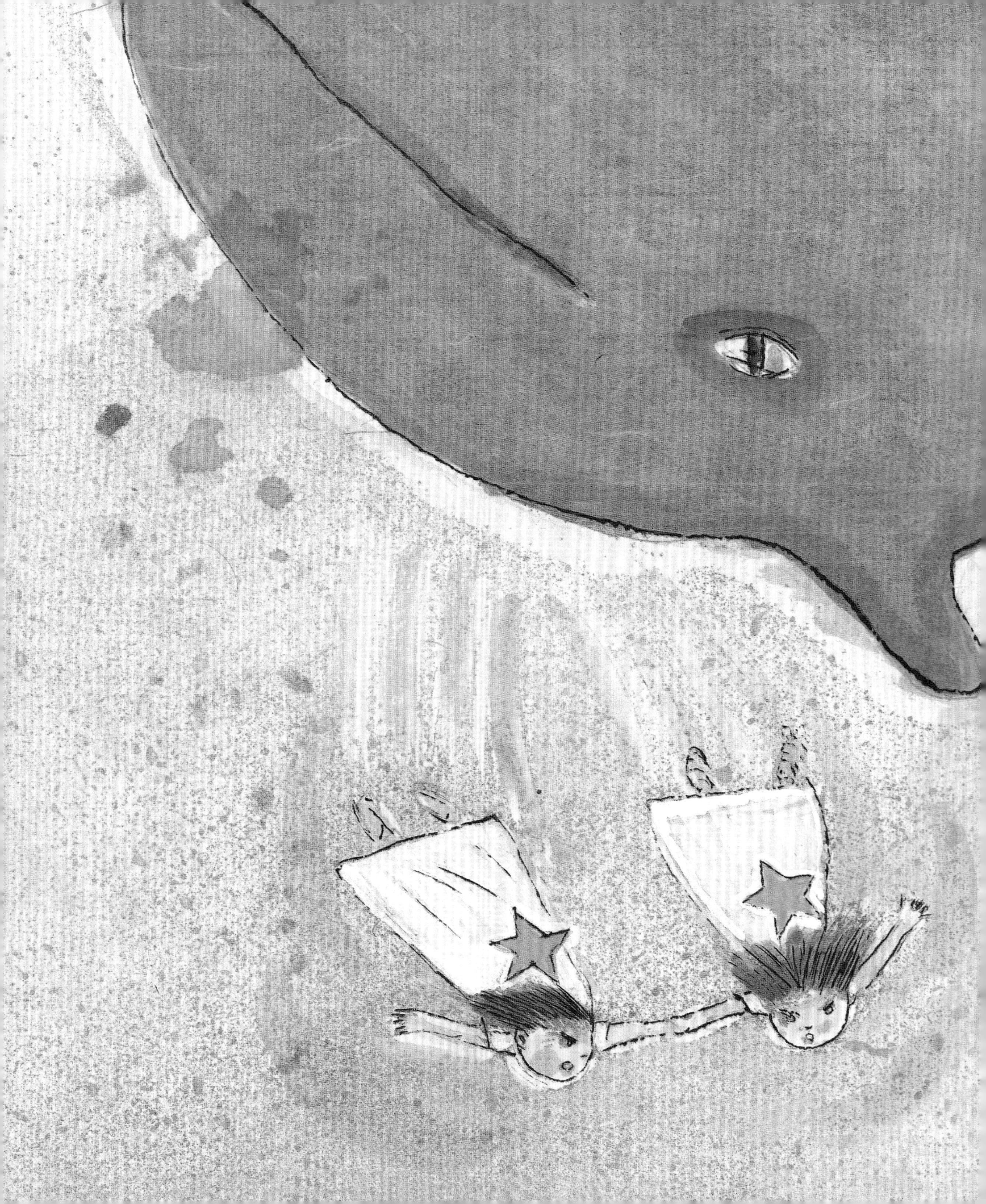

『哈哈，哈哈。刚才的誓言全部作废！呼呼呼，呼。呼呼呼。』彗星说完，就跑掉了。两位童子一边向下坠，一边牢牢地抓住对方的胳膊。无论坠落到什么地方，这对双胞胎都要在一起。

当他俩进入大气层之后，身体如电闪雷鸣，噼里啪啦地乱响，赤红的火花看得人头昏眼花。两人穿过黑压压的乌云，像两支利箭扎入波涛汹涌的大海之中。

两人急速下沉。不过，奇怪的是，即使在水里他们也能自由地呼吸。

海底遍地淤泥，有在沉睡的黑色的庞然大物，也有在浮动的丛生的海藻。

琼瑟童子说：

『鲍瑟！这里是海底吧？我们已无法再升上天空，不知道今后还要受些什么罪呢？』

鲍瑟童子也说：

『我们给彗星骗了。彗星连大王也敢欺骗，这家伙实在太可恶了。』

这时，他们脚下的一只红光闪闪的小海星说话了。

『你们是哪个海里的？你们身上有蓝海星的标志。』

鲍瑟童子回答说：

『我们不是海星，我们是星星。』

听了这话，海星生气地说：

『你说什么？你说你们是星星？海星原来也全都是星星。你们不是也终于来到这里了吗？神气什么呀？不过是新来的海星。刚出道的坏蛋，做了坏事才到这里来的，还想以星星自居。这在海底是行不通的，哥们儿在天上时也是一等军人！』

鲍瑟童子悲伤地朝上看去。

雨过天晴，云消雾散，海水犹如透明的玻璃，安静平和。天空清晰可见，银河、天井、老雕星、天琴星尽收眼底。当然也可以看到两位童子的小小宫殿，虽然很小很小。

『琼瑟，天空是多么清澈啊！可以看到我们的宫殿。我俩却成了海星。』

『鲍瑟，已经晚了。我们就在这儿跟天上的各位告别吧！另外，虽然我们看不见大王，但我们还是要跟大王道歉。』

『大王，再见了。从今往后我们就要做海星了。』

『大王，再见。愚昧无知的我们被彗星给骗了。从今天起，我们将在漆黑的海底的淤泥里爬行。』

『再见了，大王。再见了，天上的各位朋友。祝各位荣华富贵。』

『再见了，各位朋友。再见了，天上所有尊贵的大王，祝各位永远为王。』

一群红海星跑来，围在两位童子身旁，七嘴八舌，吵吵嚷嚷。

『喂，把衣服给我。』『喂，把剑交出来！』『交税交税。』『再变小点儿。』『给老子擦皮鞋！』

这时，一个黑乎乎的庞然大物轰隆隆地吼叫着从他们头顶游过。海星们一个个连忙行礼。黑家伙正要游过去，可又突然停住了，它透过海水仔细看了看两位童子，说道：

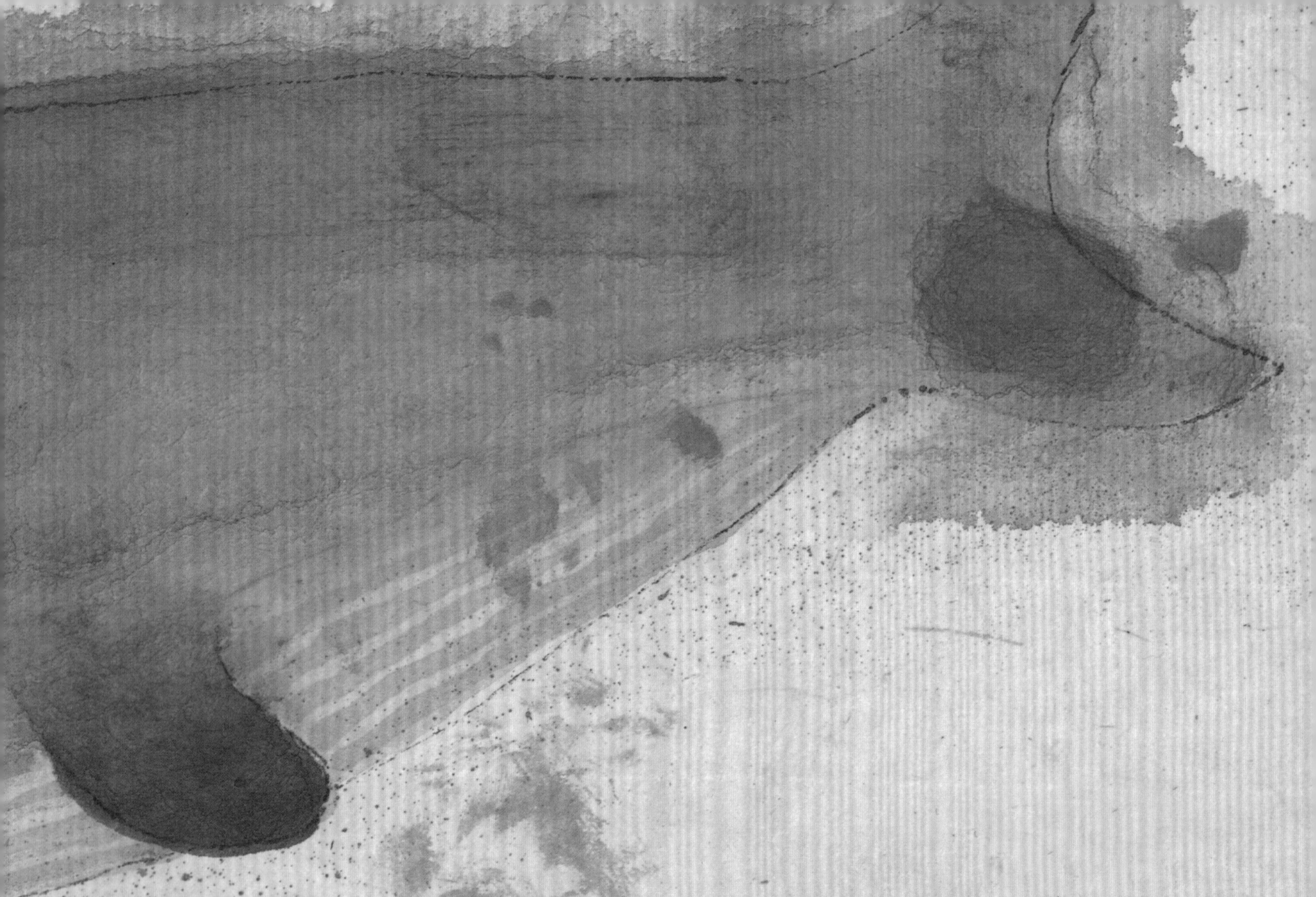

『哈哈，你们是新兵吧？还没学会行礼呢。你们还不认识鲸鱼吧？我的外号叫海中彗星。知道吗？我可以将细细的沙丁鱼和像青鳉一样瞎眼的鱼大口大口地吞掉。不过，最痛快的是径直游出去，接着转弯，再缓缓地游回来。浑身的油黏糊糊的。好了，言归正传。你俩带来从天上流放到这里的字条了吗？快交出来！』童子俩你看看我，我望望你。琼瑟童子说：『我们没有带那样的东西。』

鲸鱼听了勃然大怒，只见它猛地喷了一口水。海星们惊慌失色，一个个东倒西歪，可两位童子仍镇定地站在那里，一动不动。

鲸鱼恶狠狠地吼道：

『你们没有带字条吗？无赖！这里所有的家伙，无论在天上做了什么坏事，都没有不带字条的。你们两个太不像话啦！看来，我只有把你们一口吞掉。听见了吗？』鲸鱼张开大口，摆好架势。海星和旁边的一些鱼唯恐被牵连进去，有的一头钻进淤泥里，有的一溜烟逃走了。

就在这时，对面射来一道银光，一条小海蛇向这边游来。鲸鱼大惊失色，慌忙合上了嘴。

海蛇好奇地盯着他俩的头顶看了一会儿，说：

『你们二位是怎么了？看上去，你们不像是因为做了坏事才被从天上扔下来的呀。』

鲸鱼从旁插嘴说：

『这两个家伙没有带流放字条。』

海蛇严厉地瞪了瞪鲸鱼，训斥它说：

『住口！你也未免太狂妄了。你怎么敢出言不逊，称呼这两位童子「家伙」呢？难道你看不见善人头上的光圈吗？坏人头上的黑影有个豁口，一目了然。星星童子们，请跟我来。我带你们去见我们的大王。哎，海星，掌灯！喂，鲸鱼，以后不许你再胡闹了！』

鲸鱼挠挠头，跪拜在地。

简直不敢相信，红光闪闪的海星们马上排成了两列长长的纵队，就像两排照明的路灯。

『来，我们走吧。』海蛇甩了一下白发，彬彬有礼地说。两位童子跟着它从海星中间穿过。没多久，漆黑的水光中出现了一扇白色的城门，城门自动打开，一群威武的海蛇从里面游了出来。双胞胎小星星被领到海蛇大王面前。海蛇王年事已高，留着长长的白胡须，只见它笑吟吟地对童子们说：

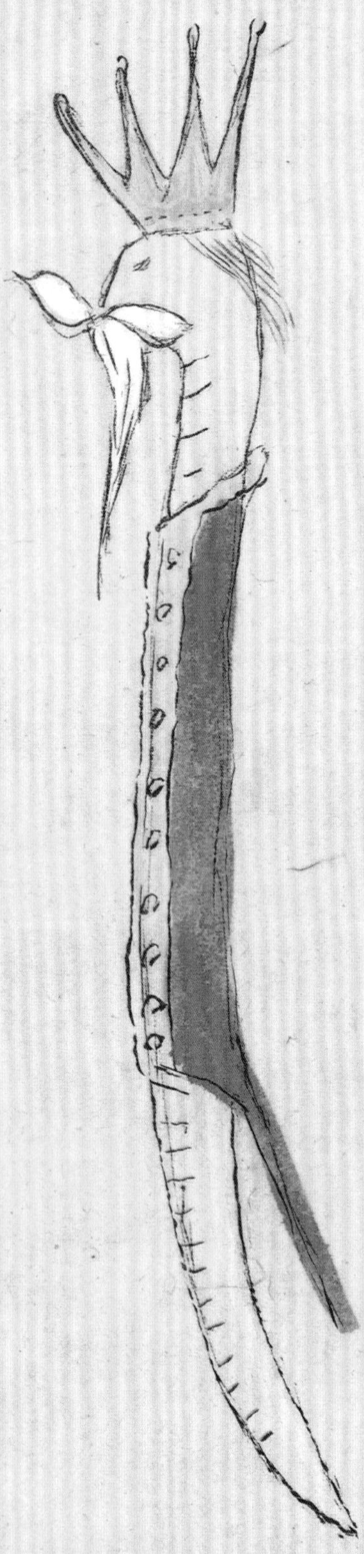

『两位是琼瑟童子和鲍瑟童子吧？我早就知道你们。上次二位冒着性命拯救天上的蝎子，帮它改邪归正的故事，也流传到我们这里来了。我还下令把这段故事编入了我们这里的小学课本。这次遇上意外的灾难，想必二位一定受惊了吧？』

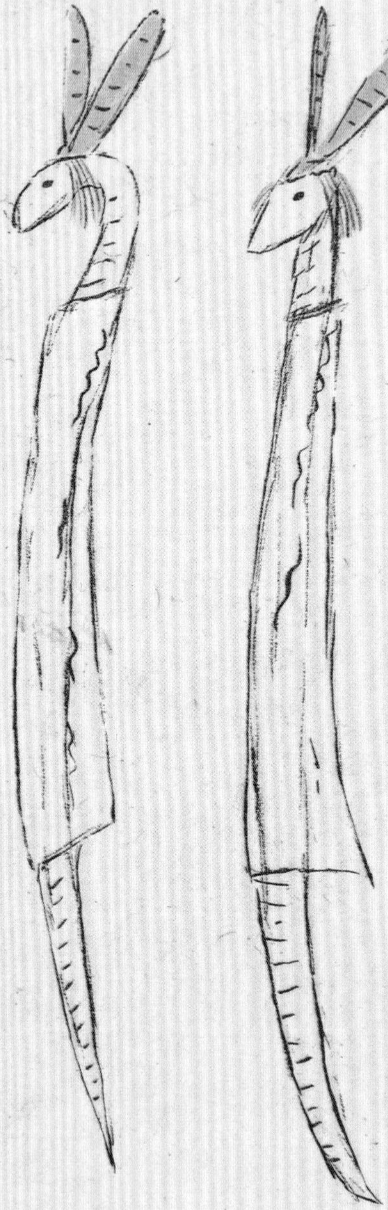

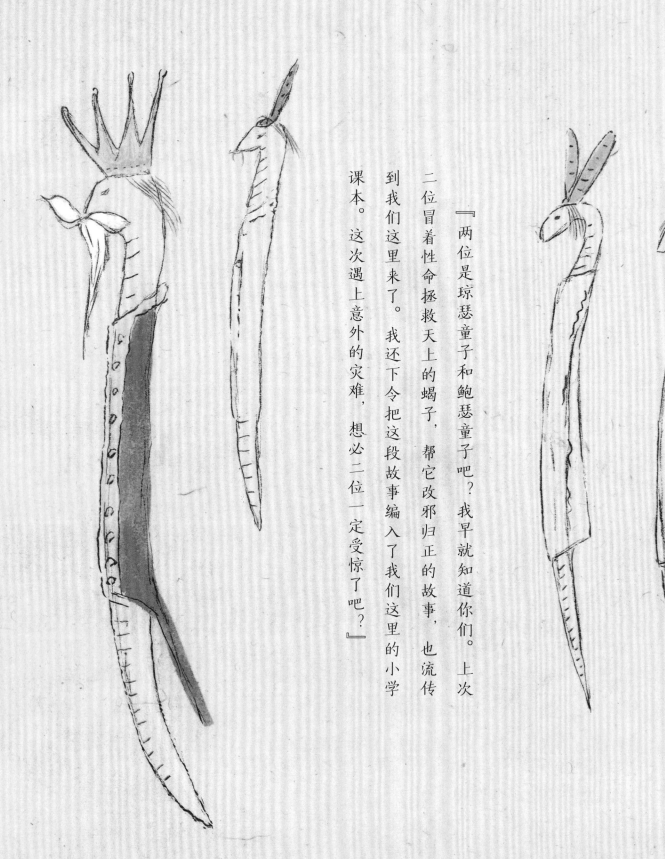

琼瑟童子说：

『您实在是过奖了。我们已无法回到天上去了，如果可能，我们愿意在此为各位效劳。』

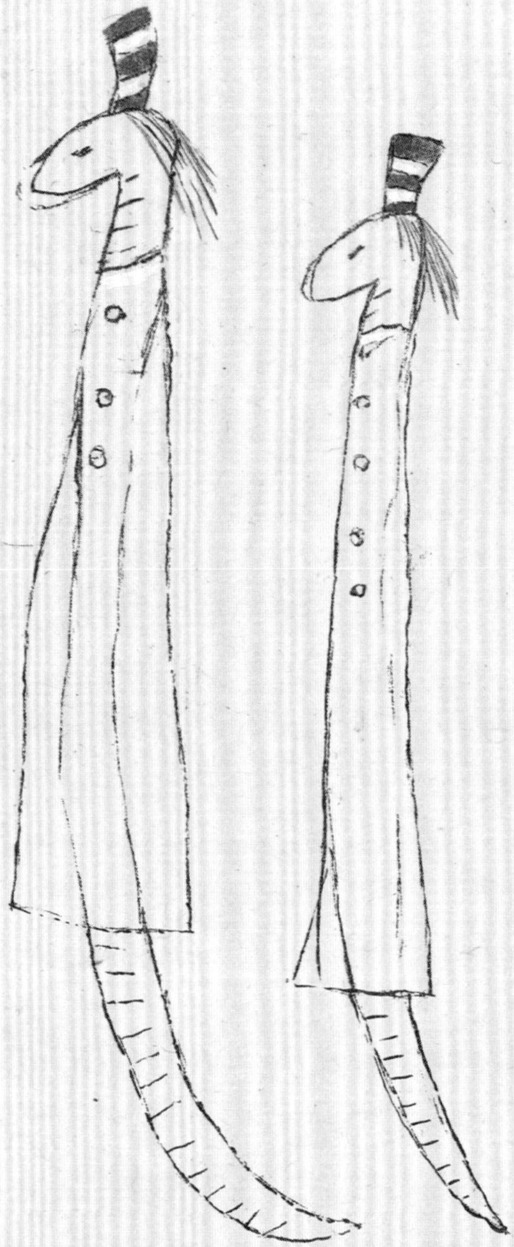

海蛇王连忙说：

『两位过于谦虚了。我马上吩咐龙卷风送你们回到天上。回去后，请向你们大王转达我的问候。』

鲍瑟童子激动地说：

『这么说，您认识我们大王？』

海蛇王连忙离开坐椅，谦逊地说：

『那可不敢当，大王是我心中独一无二的君主，很久以前就是我等的老师，我算是他老人家的奴仆。二位可能还无法理解，但你们很快就会明白的。那么，就让龙卷风趁天还没亮，陪同二位回宫吧。喂喂，准备好了吗？』

一条海蛇侍从跑来，回答道：

『准备好了，正在大门前恭候呢。』

两位童子向海蛇王恭恭敬敬地鞠了一躬。

『那么大王，我们就告辞了。祝您身体健康！我们还会从天上向您致谢的，也祝这座宫殿永远繁荣昌盛！』

海蛇王站起来说：

『我们也祝愿二位更加大放异彩。好了，一路平安！』

侍从们毕恭毕敬地行了礼。

童子们出了城门。

龙卷风正在那里盘旋，形成一个个银圈。

一条海蛇扶两位童子登上龙头。

童子们紧紧抓住龙角。

这时，一群红光闪闪的海星一齐跑出来，冲他们高喊：

『再见了，请向天上的大王问好。请大王什么时候开开恩，也饶恕我们吧！』

两位童子齐声说：

『我们一定转达。相信我们很快就会在天上再见的。』

龙卷风缓缓地起飞了。

『再见了，再见！』

转眼之间，龙卷风的头已经划破漆黑的海水，露出了海面。紧接着，随着一阵稀里哗啦的激烈声响，龙卷风如离弦之箭，带着海水一齐高高升起。

离天亮还有很长时间。银河就近在咫尺，已经可以清楚地看到两位童子的宫殿了。

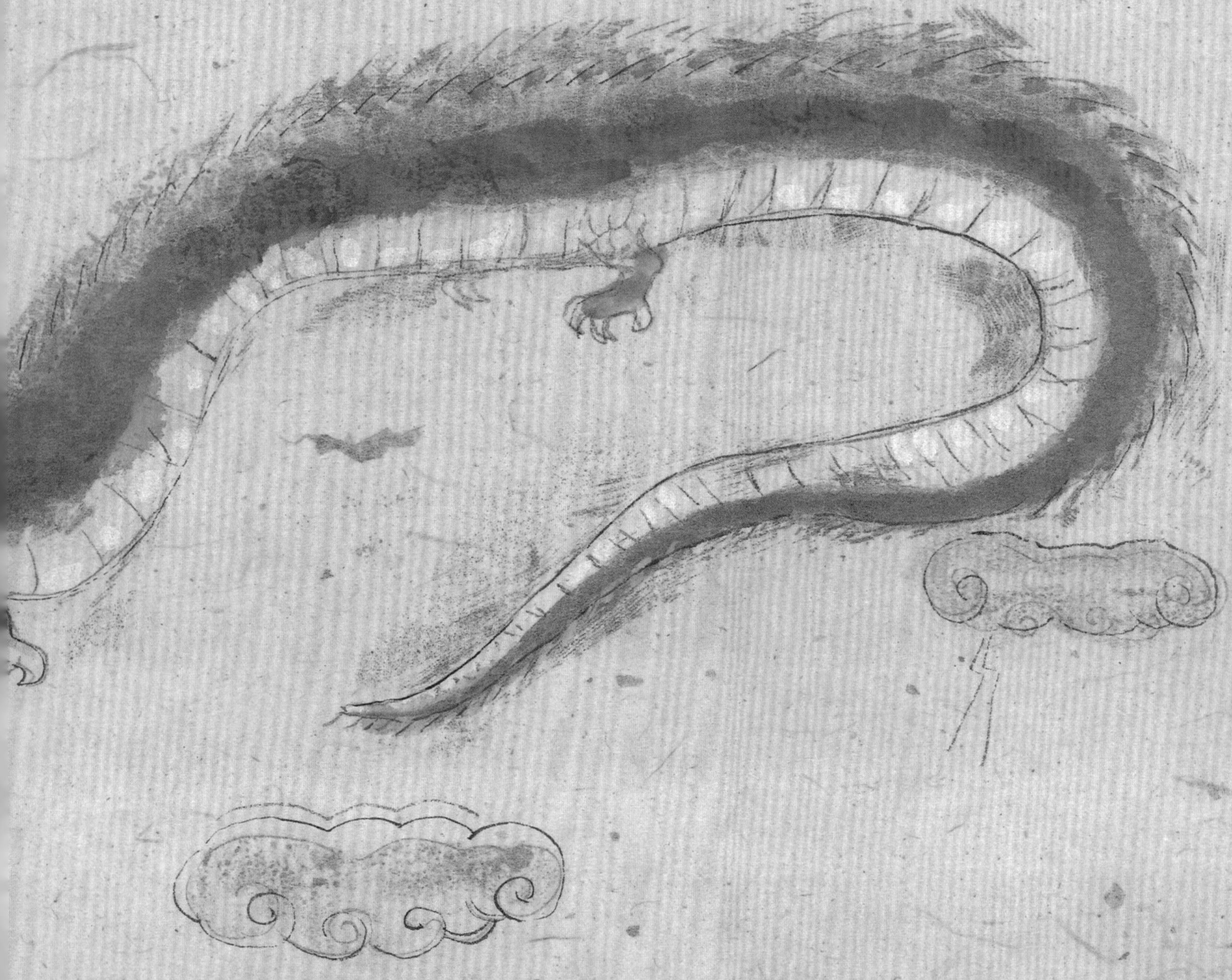

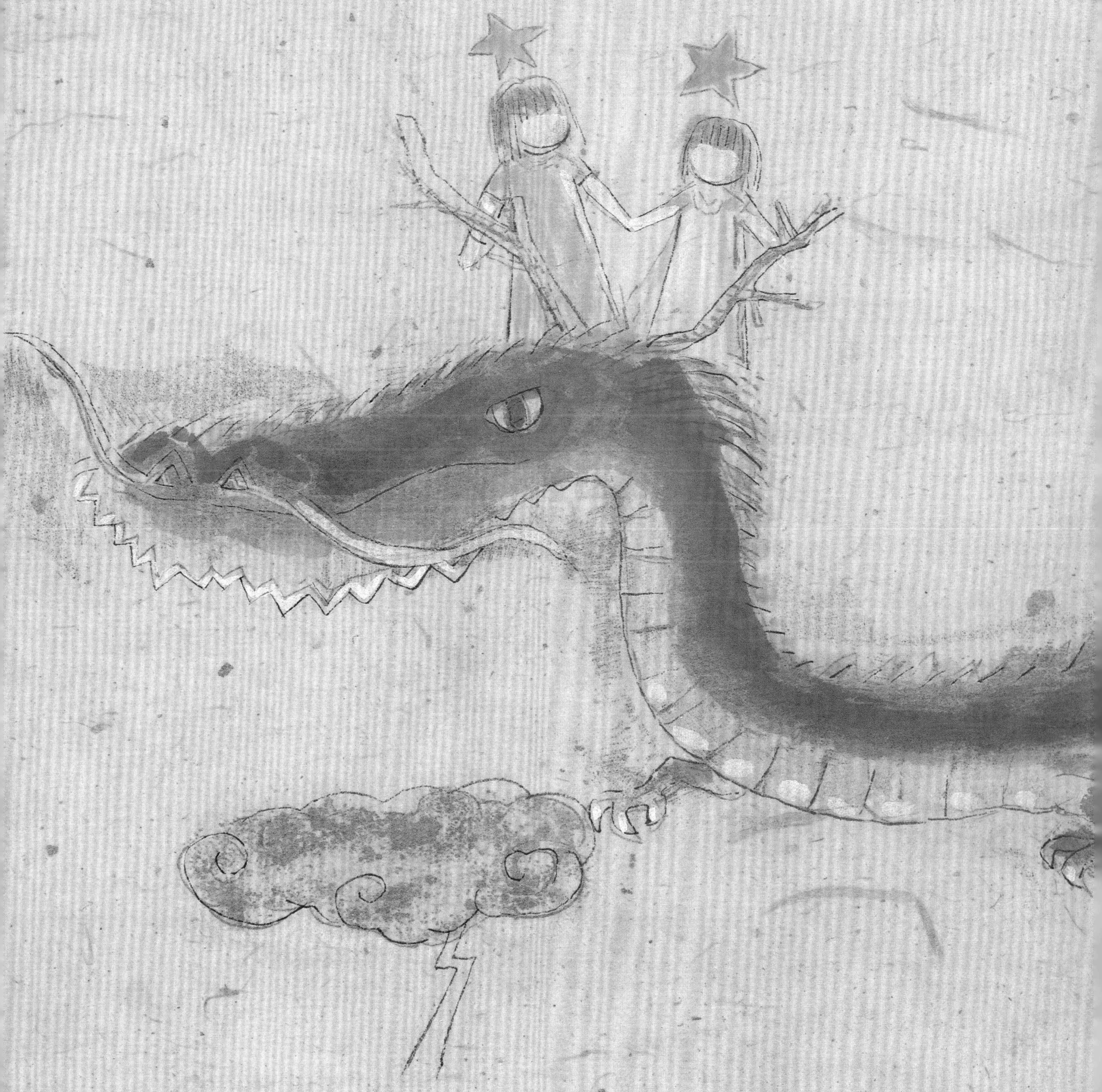

『你们快看那里！』黑暗中传来龙卷风的声音。

只见那颗蓝白色的巨大彗星从头到尾都碎掉了，刺啦刺啦地闪着光，像发疯了一样惨叫着，坠入了漆黑的大海。

『那家伙将变成海参。』龙卷风平静地说。

天空响起了《巡星之歌》。

童子们平安回到了宫殿。

龙卷风放下两位童子，说了声『再见，祝你们健康』，就飞快地回到海里去了。

双胞胎星星登上各自的宫殿，端坐在那里，对看不见的大王说：

『由于我们的不慎，一时没有尽到职责，十分抱歉。尽管如此，今晚还是得到您的恩宠，我们竟然得救了。海王让我们转告对您的无限崇拜。另外，海底的海星们也恳请您能发发慈悲。最后，我俩也有一个请求，如有可能，请您也饶恕彗星吧！』

说完，两位童子举起了银笛。

东方变成了金黄色，天就要亮了。

双子星
Shuangzixing

出 品 人：柳　漾
项目主管：石诗瑶
策划编辑：柳　漾
责任编辑：陈诗艺
助理编辑：石诗瑶
责任美编：李　坤
责任技编：李春林

双子の星
Futago no Hoshi
Text by Kenji Miyazawa

著作权合同登记号桂图登字：20-2016-329号

图书在版编目（CIP）数据

双子星／（日）宫泽贤治著；（日）远山繁年绘；周龙梅，彭懿译．—桂林：广西师范大学出版社，2018.12
（魔法象．图画书王国）
书名原文：Futago no Hoshi
ISBN 978-7-5598-0979-7

Ⅰ．①双… Ⅱ．①宫…②远…③周…④彭… Ⅲ．①儿童故事－图画故事－日本－现代 Ⅳ．① I313.85

中国版本图书馆 CIP 数据核字（2018）第 133215 号

广西师范大学出版社出版发行
（广西桂林市五里店路 9 号　邮政编码：541004
网址：http://www.bbtpress.com）
出版人：张艺兵
全国新华书店经销
北京盛通印刷股份有限公司印刷
（北京经济技术开发区经海三路 18 号　邮政编码：100176）
开本：889 mm × 990 mm　1/12
印张：$4\frac{8}{12}$　插页：32　字数：85 千字
2018 年 12 月第 1 版　2018 年 12 月第 1 次印刷
定价：42. 80 元

如发现印装质量问题，影响阅读，请与出版社发行部门联系调换。